AF166057

Wie geht es Dir?

Und andere Kurzgeschichten

2014
Herstellung und Verlag: BoD - Books on Demand, Norder-
stedt ISBN 9783735792938

Inhalt

Wie geht es dir?

Die Frage: „Wie geht es Dir?" wird wohl am Anfang von Begegnungen und Gesprächen zwischen Bekannten und Verwandten am Häufigsten gestellt. Ich habe mir dazu folgende umschreibende Antwort ausgedacht: „Grün – gelber Bereich, wenn ich stark Gas gebe, komme ich gut über die Kreuzung." Damit wird dem darauf folgenden Dialog, der bei älteren Menschen in der Regel mit Berichten über das eigene Krankheitsgeschehen beginnt, ein etwas entspannter, ironischer Stempel aufgedrückt.

Aus meiner Erfahrung als heute 83-Jähriger beginnnen Unterhaltungen mit Leuten, die älter als 60 sind, vordergründig zu Problemen der vorhandenen, überstandenen oder vermuteten Krankheiten. Einbezogen werden dabei manchmal auch Krankheitsgeschichten von Menschen, die man gar nicht kennt.

Hierzu unterbreite ich außerdem bei Gesprächsbeginn meistens den Vorschlag: „Wir sollten höchstens 10 Minuten über unsere Wehwehchen und die unseres Bekanntenkreises erzählen, um dann auch noch Zeit für eine Unterhaltung über die schöneren Erlebnisse und Dinge zu haben." Diese Empfehlung findet nicht immer Wohlwollen und auch das Zeitlimit wird häufig überschritten. Trotzdem hat es mir bisher geholfen in den Unterhaltungen das Thema Krankheit zu minimieren.

Es ist keine neue Lebensweisheit, ich will jedoch hervorheben, dass die Gesundheit für alle Menschen zum wichtigsten Element der Lebensqualität gehört. Jeder, ob jung oder alt, der gesund ist und sich so fühlt, sollte deshalb zufrieden sein. Meine Großmutter war eine einfache Frau; von ihr hörte ich als Kind die Aussage, an die ich Zeit meines Lebens denken muss: „Wer gesund aber unzufrieden ist, sollte sich in einem Krankenhaus umschauen, die dortigen Patienten haben meistens nur einen Wunsch: Gesund zu werden. Mit eigenen kleineren Leiden kann man dann auch besser umgehen. Man erkennt schnell, dass Gesundheit und Zufriedenheit sehr eng zusammengehören."

Noch zu dem „Grün- gelben Bereich", dem „Gas geben" und der „Kreuzung": Ich wähle als älterer Mensch diese Beziehung zum Autofahren, weil heute eine heiße Diskussion darüber geführt wird, ab welchem Alter sollte das Autofahren den „Alten" verboten werden. Ich weiß nicht wie ich als junger Mensch darüber denken würde, während meiner Jugendzeit waren wegen des geringeren Autoverkehrs diese Probleme nicht so vordergründig. Auf alle Fälle gibt es zu dieser Frage keine generelle für alle zutreffende Antwort, weil die Kondition, also die geistige und körperliche Leistungsfähigkeit der Menschen, auch altersunabhängig sehr unterschiedlich ist.

Mit meiner Antwort zu meinem Ergehen will ich deshalb auch sagen: „Ich kann noch Auto fahren!" In Zeiten meiner Berufstätigkeit (45 Jahre) bin ich im Schnitt monatlich ungefähr 3000 km - ohne selbstverschuldeten Unfall - mit dem PKW gefahren; wurde also ein Fahrer mit Erfahrung, der auch im privaten Leben viele „Autokilometer" hinter sich brachte! Alle meine Mitfahrer bestätigen mir bis heute schnelle Reaktionsfähigkeit und sicheres Fahren. Nur unsere Kinder wollen, dass ich das Autofahren aufgebe, dabei können sie sich hierüber gar kein Urteil bilden, sie lassen mich bei gemeinsamen Ausfahrten nie ans Lenkrad! Ich halte ihnen zu Gute, sie sind besorgt, dass mir nichts passiert, aber gerade stürmische „Junge" stellen eine Gefahr im jetzigen dichten, schnellen Autoverkehr dar.

Mir geht es also gut, solange ich noch selbst bestimmen kann, was ich zu tun vermöge und ohne Gefahr für meine Umgebung noch tun kann.

2 Pfund wurden 1 Kilogramm und der Dialekt zum Verhängnis

Ostern 1938 wurde ich eingeschult und wir erlebten dann in unserer Schulzeit den Krieg und viel Neues, was wir von unseren Eltern und Großeltern, besonders auf dem Lande, teilweise anders gehört und erfahren hatten. Typische Beispiele hierfür waren: Wir durften nur noch mit dem Dezimalsystem rechnen und die bisherige „Sütterlinschrift" wurde durch die „Deutsche Normalschrift" ersetzt. Zu Hause und mit Spielgefährten sprachen wir durchweg Dialekt und das ergab besondere Schwierigkeiten bei der Rechtschreibung. Der Religionsunterricht, bei unseren Großeltern noch Hauptfach, war abgeschafft und der Unterricht vorrangig auf eine nationalsozialistische Erziehung ausgerichtet worden. Die Lehrer machten schon bei geringen Disziplinverstößen von der Prügelstrafe Gebrauch. Das erfuhren besonders Kinder aus sozial schwachen Familien. Auf dem Dorf oder in der Kleinstadt kannte jeder Jeden und die häuslichen Verhältnisse waren kein Geheimnis.
Mein Großvater rechnete nur mit:
- Mengeneinheiten auf der Basis 12: Dutzend, Schock, Gros
- Flächeneinheiten: Ar und Morgen, Hektar lernte ich erst in der Schule kennen,
Gewichte: - Pfund und Zentner.

Er akzeptierte aber auch, dass in jener Zeit begonnen wurde, überall mit Kilogramm zu rechnen. Damit auch ich das besser begriff erzählte er mir eine Geschichte, die nach seiner Darstellung wahr sein sollte: Eine Frau kommt zum Krämer und verlangt zwei Pfund Zucker. Der sagt: „Das heißt jetzt Kilogramm". Sie antwortet: „Da geben Sie mir halt zwei Pfund Kilogramm."

Bei Schularbeiten konnten mir die Großeltern ab der 3. Klasse beim Schreiben nicht mehr helfen, denn ab 1941 wurde die Sütterlinschrift, sie hatten nur diese gelernt, in der Schule verboten. Ich hatte aber in den ersten 2 Schuljahren diese Schreibschrift noch kennengelernt, so dass ich wenigstens ihr Geschriebenes lesen konnte.

Eine Geschichte, die ich als Schulkind in den ersten Klassen im Zusammenhang mit dem Dialekt erlebte, blieb mir unvergessen. Ich hatte in einem Diktat 7 Fehler und damit eine schlechte Note bekommen. Eine Katastrophe, denn ich schämte mich sehr, weil ich zudem immer ehrgeizig war. Zu Hause legte ich das Heft auf den Stubentisch, damit meine Mutter unterschreiben konnte und ich schloss mich in unserem Geräteschuppen ein. Meine Mama war zunächst böse. Als sie aber kam, um mich aus meinem Versteck zu holen, merkte ich, dass der erste Zorn verraucht war. Sie hatte festgestellt, dass ich die vielen Fehler deshalb gemacht hatte, weil ich so schrieb wie wir daheim sprachen; z.B. Kirche als

„Kaerche", Hose als „Huse", nein als „nee", so als „su" usw. Beim Diktieren hatte ich zwar die hochdeutschen Worte verstanden, aber bis zum Niederschreiben fehlte mir die Zeit zum gründlichem Nachdenken. Ich schrieb deshalb fast alles so, wie ich es in unserem Dialekt kannte. Von da an wurde beschlossen, dass wir uns Mühe geben wollten, zu Hause nur hochdeutsch zu sprechen. Das klappte nicht durchgehend und außerdem war der Einfluss durch Gespräche mit anderen Kindern auf der Straße zu stark. Dort wurde man verlacht, wenn man keinen Dialekt sprach.

In meinen ersten Schuljahren fand zu Beginn der ersten Unterrichtsstunde täglich eine Sauberkeitskontrolle der Hände, Kleidung und manchmal sogar der Ohren statt. Häufig mussten wir Schüler uns dabei auch gegenseitig kontrollieren. Bei dieser Selbstkontrolle trugen wir hin und wieder Rangkämpfe aus, die nach dem Geist der Zeit – die Stärksten sollten sich durchsetzen – von einigen Lehrern nicht nur geduldet, sondern sogar unterstützt wurden. Der „Schülerkontrolleur" stufte die Ohren der Mitschüler, die sich nicht den Wortführern unterordnen wollten, z.B. grundlos als schmutzig ein und Unschuldige erhielten Tadel oder „Rohrstockhiebe".

Eine schwerwiegende Verwechslung

In den 1950er Jahren hörte ich die Geschichte als Witz. In der Neuzeit passierte sie in etwas modifizierter Form tatsächlich.

Im Nachtzug der Deutschen Bahn von Hamburg nach München will ein Reisender in Augsburg, wo der Zug frühmorgens ankommt, aussteigen. Er bittet den Zugschaffner, ihn unbedingt zu wecken und notfalls aus dem Zug zu drängen. Er sagt: „Ich schlafe gern in den bequemen Zugsitzen und bin ein so genannter Morgenmuffel, der nur schwer zum richtigen Wachsein findet. Also seien Sie nicht zimperlich." Er übergibt ein kleines Trinkgeld, das nicht als Bestechung gewertet werden kann.

Der Zug kommt in München an und der Fahrgast, der in Augsburg aussteigen wollte, eilt mit zorngerötetem Gesicht zum Zugbegleiter, den er bedroht und er schreit: „Warum haben Sie mich nicht wie gewünscht geweckt?" Viele deftige Schimpfworte folgen. Umstehende sagen zum Schaffner: „Das ist ja unerhört, so etwas brauchen Sie sich nicht bieten lassen." Ganz ruhig erwidert der ´Bahner`: „Sie hätten erst den Mann erleben sollen, den ich in Augsburg aus dem Zug geschmissen habe, da ist dieser Zornesausbruch hier noch harmlos."

Gründe, die uns unsere Lieblingstierart finden lassen

Statistiker haben ermittelt, dass Katzen in Deutschland am beliebtesten und in den meisten Familien zu finden sind. 2009 lebten laut Erhebung des „Industrieverband Heimtiere" 8,2 Millionen dieser Tiere in 16,5 % der Haushalte. Dazu kommen die vielen tausenden streunenden Katzen, die in keiner Statistik erfasst sind. In der Beliebtheitsscala folgen: Hunde, Kleintiere (Kaninchen, Meerschweinchen, Hamster usw.), Ziervögel und Zierfische. In der Neuzeit halten in der Heimtierhaltung in Wohnungen immer häufiger Reptilien, Raubkatzen und Schweine Einzug. Rinder scheinen aber diesen Bereich noch nicht erobert zu haben, weil wohl selbst Zwergrassen hierbei Schwierigkeiten bereiten würden!

Winston Churchill hat gesagt: „Hunde blicken zu uns auf, Katzen schauen auf uns herab und Schweine behandeln uns als Gleichgesinnte". Diese zynische Bemerkung des berühmten Staatsmannes lässt uns über unser Verhältnis untereinander und zu unseren Mitgeschöpfen nachdenken. Sie zeigt auch zugleich, warum Menschen mit unterschiedlichen Charakteren in ungleicher Umgebung unterschiedliche Lieblingstiere auswählen.

Warum hat in den 1930er Jahren ein 8jähriger Junge, der in einem Bauernhof aufwuchs, nennen wir ihn Gerhard, - ein damals weit verbreiteter Vorname -, ein Rind als sein Lieblingstier ausgewählt? Lassen wir uns überraschen.

Damals war es in den Bauernfamilien in der Regel nicht üblich Haustiere in der Wohnung zu halten. Selbst in den Städten gab es nicht so viele Wohnungskatzen und -hunde wie heute. Haustiere waren auf dem Lande fast durchweg Nutztiere. Sie mussten sich in Ställen, Gärten, Scheunen und auf Höfen aufhalten.

Die Erziehung des Jungen erfolgte nach den Auffassungen jener Zeit, ohne Aufklärung zu den geschlechtlichen Unterschieden von Mann und Frau, den Geburten und allem, was mit dem Sexualleben zusammen hing. Bei allen Gesprächen über diese Fragen wurden bekanntlich die Kinder ausgeschlossen, die diese Heimlichtuerei umso neugieriger machte. Nur der Großvater von Gerhard war etwas fortschrittlicher und erläuterte ihm auch, dass es bei der Fortpflanzung und Geburt einige Gemeinsamkeiten zwischen den Säugetieren und den Menschen gibt. Der Opa, als Familienoberhaupt der „Bestimmer" in der Familie, setzte sich mit seiner Meinung oft durch; so durfte der Junge sogar einmal bei der Geburt eines Kalbes dabei sein. Das beeindruckte das Kind derart stark, dass daraus eine ganze Kette schöner Erinnerungen erwuchs.

Es war um Mitternacht als Gerhard geweckt wurde und erfuhr, bei einer Kuh beginnt die Geburt. Prima, ohne Waschen und Zähneputzen, nur die so genannte Stromerkleidung schnell übergestreift, rannte er zum Stall, wo das Tier auf einem frischen, weichen Strohpolster lag. Der Großvater winkte ihn herbei und sagte: „Ich habe schon einmal nachgefühlt und glaube das Kalb liegt falsch im Mutterleib, das wird eine Schwergeburt; dazu müssen wir den Tierarzt holen." Er behielt Recht, es dauerte gar nicht lange bis der Arzt erschien, dieser wollte das sich quälende Tier nicht zum Aufstehen zwingen und kniete sich hinter die Kuh. Er untersuchte, warum das Kleine nicht von allein herauskam. Gerhard war richtig stolz, dass er ihm, einem Kind, erläuterte: „Ich greife in den Geburtsweg und kann an der Gebärmutter die Lage des Fötus, so nennt man das Lebewesen im Mutterleib, fühlen. Normalerweise müssen Vorderfüsse und Kopf voran herauskommen, aber in diesem Falle liegt das Hinterteil am Ausgang, wir müssen also das Kalb in dieser etwas schwierigeren Lage herausziehen." Inzwischen waren trotz der nächtlichen Stunde Nachbarn zum Zuschauen gekommen, eine tierärztliche Geburtshilfe bedeutete in jener Zeit eine Sensation. Der Arzt verstand es aber, vielen eine Tätigkeit zu zuweisen. Er befestige Stricke an den Hinterbeinen des Fötus, die ganz wenig von allein aus der Gebärmutter herauskamen; anschließend beauftragte er die dabei stehenden Männer, auf seine Befehle hin daran kräftig zu ziehen. Der Tierarzt dirigierte alles immer so, dass das Muttertier möglichst wenig Schmerzen erleiden musste. Nach einiger Zeit kam das weibliche Kalb unversehrt heraus, wurde fachmännisch behandelt und gab sehr schnell erste Laute von sich. Die Mutterkuh schien sehr froh zu sein, als ihr das mit trockenem, sauberem Stroh abgeriebene Kleine neben ihren Kopf gelegt wurde. Sie leckte es ab und das Neugeborene hatte sogar die Kraft, recht bald aufzustehen. Gerhard durfte dem Neugeborenen einen Namen geben. Ihm kam sofort „Elfriede" in den Sinn, so hieß auch das Mädchen, das mit in seine Klasse ging und ihm recht gut gefiel.

Gerhard konnte verständlicher Weise sein Erlebnis nicht für sich behalten und mit großer Begeisterung erzählte er gleich am nächsten Tag seinen Schulkameraden von der miterlebten Schwergeburt eines Kalbes; in der Runde stand auch seine kleine Freundin Elfriede. Als die hörte, dass er dem Kalb ihren Namen gegeben hatte, rannte sie davon und rief: „Ich bin doch kein Kalb, mit dir will ich nichts mehr zu tun haben, unsere Freundschaft ist aus."

Das war für Gerhard ein richtiger Schlag ins Gesicht und er erwiderte laut: „Ich wollte dir doch eine Freude machen, aber dann eben nicht und ich werde dir das Kalb auch nie zeigen."

Das Mädchen schmollte etwa 8 Tage, da hörte es, wie Gerhard 2 Schulfreunden ankündigte, dass er gemeinsam mit ihnen zum Kalb in den Stall gehen und ihnen zeigen will, wie dies ihn schon kennt und sich von ihm dressieren ließ. Es müsste aber ein Zeitpunkt gewählt werden, an dem man das heimlich unbemerkt von Erwachsenen tun könnte. Sein Vater hatte streng verboten, dass Fremde in den Stall gehen, weil im Nachbardorf die gefährliche Rinderseuche MKS (Maul- und Klauenseuche) ausgebrochen war. Altklug erzählte er was er aufgeschnappt hatte: „Diese Krankheit können Menschen verschleppen, wenn sie in einem Stall mit kranken Tieren waren und dann zu anderen Rindern gehen. Die Krankheitskeime können sich an die Schuhsohlen heften und weiter getragen werden. Deshalb haben wir ja auch vor allen Stalltüren solche Fußmatten mit Desinfektionslösung." Elfriede konnte nun ihre Neugier nicht mehr zähmen, zumal hier ein heimliches Vorhaben wartete. Sie suchte wieder die Nähe ihres Freundes und wagte zu fragen, ob sie das Kalb auch mit besuchen darf, es würde schließlich sogar ihren Namen tragen. Sie hatte inzwischen auch gehört, dass es mehrere Rinder mit dem Namen Elfriede gibt und ihr Vater hat gesagt, dieser Vorname bei Rindern ist gar keine Beleidigung für Menschen.

Das Getreide, das im Spätsommer eingefahren wurde, war in den Scheunen gestapelt und musste dann im Winter mit einer großen eingebauten Maschine gedroschen werden. An diesen „Dreschtagen" war meist die gesamte Familie mit beschäftigt und damit ein günstiger Zeitpunkt, heimlich das Kalb zu besuchen. Die Gelegenheit nutzend begaben sich die 3 Jungen und das Mädchen in den Stall. Das Kälbchen lag in einem abgetrennten kleinen Stallabteil auf sauberem, trockenem Stroh. Gerhard ging voraus und als er dem Tier näher kam sprang es gleich hoch, womit er stolz zeigen konnte, dass es ihn kannte. Ihn hatten dabei wohl alle guten Geister verlassen, er schlug die strengen Mahnungen, nur bei Anwesenheit von Erwachsenen das Kalb heraus zu lassen, in den Wind. Prahlerisch öffnete er die Tür, das Kalb Elfriede kam sofort heraus und vollführte außerhalb der Box große, regelrechte Freudensprünge. Ein Junge, der zu nahe stand und nach Elfriede fassen wollte, wurde umgerissen und fiel unglücklich mit dem Kopf auf eine Mauerkante. Das Kalb rannte gleich weiter zu seiner Mutter und es begann am Euter zu trinken. Den Kindern fehlte die Kraft, es zurück in seinen Stall zu bringen und der verletzte Junge jammerte sehr. Es gab keine andere Wahl, sie mussten einen Erwachsenen zu Hilfe holen.

Nur mit großer Mühe und lautstark konnte Gerhard an der geräuschvollen Dreschmaschine seinem Großvater das Missgeschick beichten. Dieser stoppte sofort die Arbeiten und rannte mit in den Stall. Elfriede war von dem kräftigen Mann schnell in ihre Box verbracht; anschließend wurden die Verletzungen des verunglückten Jungen begutachtet.

Die Kopfwunde blutete sehr, aber er konnte noch selbst ohne Hilfe mit in die Arztpraxis in der Nachbarschaft gehen. Zum Glück war der Doktor zu hause und übernahm die weitere fachgerechte Behandlung. Erfreulicher Weise kam der Junge mit einer Platzwunde davon und es war keine Gehirnerschütterung.

In der Folge hatte Gerhard die Freundschaft vom Mädchen Elfriede wieder gewonnen, sich aber eingehandelt, dass er die nächsten 2 Wochen Stubenarrest hatte und nur noch unter Aufsicht mit dem Kalb umgehen durfte.

Diese Erlebnisse bildeten die Grundlage, dass der Junge Gerhard Rinder zu seiner Lieblingstierart auserkor. Das Kalb Elfriede wuchs zur Färse und Kuh heran und das Tier behielt Zeit seines Lebens diesen Mädchennamen. Gerhard begleitete den Lebensweg dieses Rindes und erfreute sich beim Umgang mit diesem Mitgeschöpf an einigen weiteren interessanten Ereignissen. Durch ein schreckliches Kriegsgeschehen kam Elfriede im Alter von 7 Jahren ums Leben. Gerhard ist heute über 80 Jahre alt und denkt noch oft an das Rind Elfriede, so wie es die meisten anderen Menschen mit ihren Haustieren, den Katzen, Hunden und anderen Kleintieren, häufig ebenso tun.

Kalb Elfriede wurde nach und nach Teenager

Menschen brauchen etwa 12 - 13 Jahre, um ins Teenageralter zu kommen, bei Rindern sind es nur etwa 4 - 6 Monate. Die Geschichte über das Kalb Elfriede, bei dessen Geburt der 8jährige Gerhard dabei sein durfte, soll nun fortgesetzt werden.

Das Kalb Elfriede war voller Lebenskraft, gesund, stets munter, voller Energie und wuchs zu einem Jungrind heran. Bis zum Alter von 4 Wochen trank es Milch aus dem Euter der Kuh, seiner Mutter. Nach und nach begann es auch zusätzliches Futter, vor allem schmackhaftes Wiesenheu, frisches Gras und Klee, zu fressen. Es konnte sich in einer geräumigen Stallbox frei bewegen.

Gerhard besuchte das Kalb jeden Tag und war froh, dass es endlich Frühling wurde und der Weidegang der Rinder begann. Kalb Elfriede durfte mit, als die Tiere zur Weide „getrieben" wurden. Es hielt sich anfangs in der Nähe seiner Mutter auf und erkundete aber auch immer mehr auf dem täglichen Weg zur Koppel die Umgebung. Es war eine Freude, zu zusehen, welche Sprünge Elfriede machte und sich auch mit dem Hund Rex, der die Tiere zusammenhalten sollte, anlegte. Dem Hütehund gefiel es nicht, wenn sie sich zu weit von den anderen Tieren entfernte und ihn dann auch noch mit ihrem harten Kopf in die Flanke stieß. Er verlangte Respekt, sonst biss er auch leicht zu, dabei hatte er gelernt, dass er den Tieren keine Wunden zufügen durfte. Elfriede schien, darüber amüsierte sich Gerhard, hart im Nehmen zu sein, sie ließ sich von den harmlosen Bissen kaum beeindrucken.

Die Weide war mit einem Elektroweidezaun eingefriedet und das unerfahrene Kalb machte auch mehrmals Bekanntschaft mit einem leichten Stromschlag, weil es mit dem Maul an den stromgeladenen Draht kam. Ihm schmeckte das frische Gras, aber hinter dem gefährlichen begrenzenden Draht schienen noch größere und schmackhaftere Pflanzen zu wachsen, die es gern erreicht hätte, weil Verbotenes immer reizt.

Am liebsten wäre Elfriede ständig zur Weide gegangen, aber im April setzte ein mehrtägiges Regenwetter ein, die Wiesenfläche wurde zu sumpfig und die Rinder mussten im Stall bleiben. Da fand Gerhard eines Tages das 8 Wochen alte Tier angebunden vor. Er machte seinen Vater dafür verantwortlich, protestierte gegen diese Zwangshaltung, wurde richtig bockig und wandte sich an den Großvater um Hilfe. Dieser versuchte den Jungen zu beruhigen und erklärte ihm einige Notwendigkeiten: „Die Tiere in unserer Obhut haben es in der Regel leichter als in der freien Natur, sie bekommen regelmäßig Futter, sind vor Unwettern geschützt und brauchen keine Furcht vor Feinden zu haben. Dafür müssen sie sich die Haltungsbedingungen gefallen lassen, die wir für richtig halten. Wäre zum Beispiel unser Hofhund Rex nicht an der Kette, würde er die freilaufenden Hühner und Gänse ständig gefährden. Er ist ein guter Weidehund aber sonst oft unberechenbar und auch euch Kinder könnte er beißen und sogar lebensgefährlich verletzen." Gerhard widersprach und sagte trotzig: „In der Försterei sind die bissigen Hunde auch nicht angebunden, sie leben in einem großen Zwinger, warum bauen wir für unseren Hund keinen solchen? Und warum sind die Hühner, Gänse, Katzen und Schweine nicht angebunden, weil die wahrscheinlich keinem etwas zu leide tun können. Elfriede würde das auch nicht machen, sie hat nun aber immer ein Halsband am Hals und muss an einer Stelle stehen. Dabei springt sie so gern herum."

Der erfahrene Großvater wollte den Buben gern mit Argumenten überzeugen und er erzählte ein wahres Erlebnis: „Ein Kalb, das gerade begann festes Futter aufzunehmen, war nicht angebunden, hatte deshalb überallhin Zugang und auch in den Raum, wo der eben gemähte frische Klee gelagert wurde. Weil dieser sehr gut schmeckte, fraß es Unmengen davon und nach kurzer Zeit blähte der Bauch gewaltig auf – es wurde schwer krank. Der Tierarzt musste gerufen werden, der mit einem Rohr, einem Trokar, ähnlich einer starken hohlen Nadel, in den Pansen stach. Das Gas strömte heraus und das Kalb konnte gerettet werden. Das Futter war das erste frisch geerntete Grün, das aber anfangs nur in kleinen

Portionen aufgenommen werden darf. In der Natur lernen die Tiere diese Verhaltensregeln von ihren Müttern und besitzen auch noch einen besseren Instinkt als die heutigen Haustiere."

Als Gegenargument fiel Gerhard hier nun nur noch ein, dass Elfriede in ihrer großen Stallbox ja auch nicht an das verbotene Futter gekommen wäre. Hier schaltete sich aber der Vater wieder ein und bestimmte: „Das Kalb bleibt angebunden – basta! Wir brauchen jetzt die Box für die neuen Kälber; der Platz im Stall ist knapp."

Elfriede wurde an einem langen Strick festgebunden, um dem quirligen Tier doch etwas mehr Bewegungsfreiheit zu gönnen. Nur gut, dass Gerhard nach wie vor häufig in den Stall ging, denn eines Tages hätte sich das Kalb – nun fast Jungrind - fast erdrosselt, wäre er nicht noch rechtzeitig dazu gekommen. Er hatte mehrfach beobachtet, dass Elfriede so übermütig hüpfte, als wäre sie noch in der geräumigen Bucht. Sie wollte absolut nicht einsehen, dass der Strick sie am Springen hinderte. Unglücklicher Weise hatte sich wahrscheinlich bei der „Hüpferei" diese Leine zwischen Latten am Fressgitter festgeklemmt. Als er den Stall betrat hing Elfriede am Halsband in der Schwebe, sie röchelte und bekam kaum noch Luft, die Zunge hing heraus. Er nahm sein scharf geschliffenes Taschenmesser, das er immer in der Hosentasche bei sich trug, schnitt den Strick durch und das Tier plumpste herunter. Die schon blau aussehende Zunge verschwand wieder im Maul. Erleichtert stellte Gerhard fest, Elfriede atmete befreit weiter. Er war stolz, man feierte ihn als Lebensretter. Er hatte damit sogar erreicht, dass fortan in dieser Bauernwirtschaft die Rinder nun erst ungefähr im Alter von 6 Monaten, wenn sie etwas ruhiger geworden waren, angebunden wurden. Überhaupt ging man nach und nach zur Laufstallhaltung der Jungrinder über.

Der Autor überlegte gründlich, ob er die Geschichte mit dem Taschenmesser erzählen sollte. Früher – während seiner Kindheit - gehörte es zu einem richtigen Jungen, dass er immer ein gut schneidendes Taschenmesser in der Hosentasche mit sich trug. Heute wird dies den Buben eher untersagt. Es wurden schon zu viele Vorfälle publik, dass sich sogar auf Schulhöfen Kinder damit gegenseitig bedrohten und verletzten. Ob dies früher ebenso häufig geschah, kann nicht nachvollzogen werden, weil heutzutage durch die Medien diese Vorkommnisse sehr schnell eine breite Öffentlichkeit erreichen. Über weitere vielleicht nötige Erziehungsmaßnahmen, Kindern den Besitz von Taschenmessern zu erlauben oder zu verbieten, soll hier nicht spekuliert werden. Hätte aber Gerhard nicht sofort dieses Messer zur Hand gehabt, wäre das vielleicht für Elfriede tödlich ausgegangen.

Kindererziehung beginnt mit Kindheitserlebnissen

Über die Kindererziehung gibt es ebenso viel kluge wie unsinnige Schriften und Empfehlungen. Die meisten Eltern denken und meinen, sie würden ihre Kinder gut oder richtig erziehen und trotzdem entwickeln sich immer einige „ungeratene" Sprösslinge. Warum? Ein großes Gebiet mit vielen Unbekannten. Schon während meiner Kindheit hörte ich den Spruch: „Lehrers Kinder, Pfarrers Vieh geraten selten oder nie." In unserer Verwandtschaft, in der es viele Lehrer gab, hieß es immer, die könnten ihre eigenen Kinder am schlechtesten erziehen. Das stimmte aber nicht, wie ich durch viele Beispiele erfuhr.

Wir haben mit 20 Jahren geheiratet und waren 21, als unser erster Sohn geboren wurde. In Erziehungsfragen wussten wir das, was wir aus unseren eigenen Eltern- und Großelternhäusern kannten. Und diese Methoden wandten wir dann auch vordergründig an. Meine Frau war gleich nach dem Abitur 1952 in der DDR ohne spezielle Ausbildung Neulehrerin geworden; auch das war keine Schule, um spezielle Kenntnisse für die Erziehung der eigenen Kinder zu erwerben.

Ich will keine Erfahrungen, Erkenntnisse oder Hinweise zur Kindererziehung veröffentlichen, sondern Erinnerungen an diesbezügliche Erlebnisse aus meiner Kindheit und unserem Bestreben, die eigenen Kinder gut zu erziehen, in einigen Kurzgeschichten darstellen.

Fast alle Kinder wehren sich, wenn sie abends zu Bett gebracht werden sollen. Das weiß ich aus eigenem Kindheitserleben und das erlebten wir bei unseren 2 Jungen und 2 Mädchen. Ich war Einzelkind, etwa 5 Jahre alt und wieder einmal bestrebt, das „Schlafengehen zu müssen" durch allerlei Tricks zu verzögern. Als mir nichts mehr einfiel wurde ich sogar aufsässig und bockig. Meinem Großvater saß immer der Schalk im Nacken und er meinte: „Warum sollst du armes Kind auch so früh ins Bett? Beim Schlafen träumt man oft nur schlechtes Zeug, wenn man aber die Augen offen hält, dann kann man bestimmen an was man denken will. Ich schlage dir vor, du darfst aufbleiben so lange du willst und selbst dann noch, wenn wir dich allein hier in der Stube sitzen lassen. Du setzt dich auf einen Stuhl und hältst aber immer die Augen offen – das ist Bedingung; vielleicht kannst du sogar einen Rekord im „Wachbleiben" aufstellen."

Der Vorschlag gefiel mir bestens. Ich sah zu wie Großmutter strickte, Großvater las in der Bibel und hin und wieder unterhielten sie sich auch über Dinge, die ich gar nicht verstand. Wenn ich auch mal eine Frage stellte gingen sie darauf ein, beschäftigten sich dann aber wieder mit ihren eigenen Sachen. Einmal, das war eine Abwechslung, musste mein

Opa mit ausgestreckten Armen einen „Wollgarnring" halten, damit meine Oma ein Knäuel wickeln konnte. Eine Arbeit, bei der ich am Tag auch manchmal – immer ungern – mithelfen musste. Ich blätterte eher gelangweilt in meinem Bilderbuch, denn allein das „Aufbleiben" war für mich auch ohne eigene Beschäftigung interessant. Hauptsache, ich war dabei und konnte Augen und Ohren offen halten. Dann, ich weiß nicht genau wie spät es war, ich hatte noch Schwierigkeiten genau die Uhrzeit vom großen „Regulator" abzulesen, sagten Oma und Opa „Gute Nacht" , verließen den Raum und machten aber das Licht nicht aus. Wie lange es dauerte bis mein Kopf auf die Tischplatte sank und ich einschlief, weiß ich nicht mehr. Am nächsten Tag sagte mein Großvater: „Du bist recht schnell tief und fest eingeschlafen, ich habe dich in das Bett getragen. Du warst ein „schwerer Junge". Diesen Ausdruck begriff ich erst später, als ich auch wusste, was ein „leichtes Mädchen" bedeutet. In den nächsten Wochen ging ich freiwillig zur vorgegebenen Zeit zu Bett, ich schämte mich meines Versagens, bei dem „Wachbleiben" gar nicht lange durchgehalten zu haben.

Bei unseren 4 Kindern funktionierte diese geschilderte Methode nicht so reibungslos. Wir mussten wegen des unterschiedlichen Alters der Kinder, wie lange sie abends aufbleiben durften, mit der Uhrzeit zunächst differenzieren. Die Kleinen mussten nach den Sandmann ins Bett, dann bis zum Alter von 8 Jahren galt es bis 20,00 Uhr, in Ausnahmefällen bis 21,00 Uhr; danach bis 22,00 Uhr. Toleriert wurde allerdings von uns, dass noch eine gewisse Zeit im Bett gelesen werden durfte. Als sie dann 14 Jahre alt wurden mussten entsprechende Vereinbarungen zur Zeit des Nachhausekommens getroffen werden und die „Bettgehzeit" stand nicht mehr im Vordergrund. Diese strengen Regeln passten unseren Kindern nicht, sie offenbarten uns oft, dass es in anderen Familien viel freizügiger zugehen würde. Sie waren aber letztlich diszipliniert und bekannten als Erwachsene, dass ihnen diese Erziehung fürs spätere Leben nicht geschadet hat. Im Übrigen gab es häufig „Neiddebatten" zwischen den jüngeren und älteren Geschwistern. Wir waren aber auf allen Gebieten stets um eine Gleichbehandlung unserer 4 Kinder bemüht. Trotzdem grübele ich heute manchmal darüber nach, ob meine strenge Disziplineinforderung immer richtig war.

Schon als Vorschulkind war ich eine „Wutgriebe", wie wir in unserem Dialekt zu einem widerspenstigen, aggressiven, hitzköpfigen, schnell in Rage kommenden Kind sagten – die Psychologen nennen dies auch cholerisch. Daraus resultierte auch ein frecher Streich, den mir als damals 5-Jährigen selbst meine immer tolerante Großmutter übel nahm. In der Erntezeit im Sommer war ich allein mit ihr zu Hause, alle anderen Familienmitglieder waren auf dem Feld beschäftigt. Sie hatte mir irgendetwas (die genauen Details weiß ich nicht mehr) verboten und ich wurde sehr ungezogen und widerspenstig. Da sah ich, dass sich die Oma in der Abstellkammer, deren Tür nur von außen zu öffnen war, aufhielt. Schnell schloss ich die Tür und reagierte nicht auf ihr Rufen. Befreit wurde sie erst nach etwa zwei Stunden als die Leute vom Feld zur Mittagspause nach hause kamen. Sie waren sauer, weil ja die Großmutter auch das Mittagessen nicht fertig machen konnte. Wie ich bestraft wurde ist mir entfallen, auf alle Fälle gab es keine Prügel, obwohl das damals in fast allen Familien üblich war. Bei uns war körperliche Züchtigung der Kinder aber tabu. Meine Großmutter, mit der ich mich immer gern, viel und gut unterhielt, daran erinnere ich mich noch, hat in den Wochen nach diesem Vorfall nur noch das Nötigste mit mir gesprochen. Das hat mir weh getan.

Vielleicht war aber diese, meine Missetat der Anlass für eine Lehre, die ich bis heute, also über ein dreiviertel Jahrhundert, beherzige. Ich erinnere mich nicht mehr, wie mir meine Großmutter eine wichtige Verhaltensregel beibrachte, auf alle Fälle sagte sie aber: „Du musst lernen, dich zu beherrschen. Ich rate dir, zähle immer sofort bis zehn, wenn du merkst, du wirst wütend und erregt. Du wirst feststellen, schon bei der 6 beginnt die Beruhigung und die Vernunft setzt wieder ein." Für diesen Ratschlag kann ich meiner Oma gar nicht genug danken, denn er hat mir selbst in meinem Berufsleben sehr oft geholfen immer der Überlegene zu bleiben. In meinen Tätigkeiten als Vorgesetzter vieler Mitarbeiter oder auch als Abhängiger von unterschiedlichsten Chefs blieb es nicht aus, dass man in Gesprächen oder Auseinandersetzungen hätte die Beherrschung verlieren können. Ich zählte dann bis zehn, behielt oder gewann meine Ruhe und brachte damit gar manches Mal meine Gegenüber fast zur Verzweiflung. Ich nahm ihnen den „Wind aus den Segeln", sie liefen mit ihrer Aggression ins Leere.

Kurioses zum Scheintod

An eine außergewöhnliche Geschichte, die ich als
Kind in den 1930er Jahren hörte, erinnere ich mich
noch recht gut. Ob sie damals auch dokumentiert
wurde und noch in Archiven in Zeitungsberichten
oder ähnlichem zu finden ist, weiß ich nicht. Tage-
buchaufzeichnungen gab es früher auch eher selten. Für mich war der sensationelle Bericht damals
in mehrfacher Hinsicht spannend, weil ihn erstens
die Erwachsenen vor uns Kindern geheim halten
wollten, ich ihn aber erfuhr, weil ich die Erzählungen der Eltern und Großeltern belauschte. Zweitens
konnte ich mich nicht zurückhalten Fragen zu diesem Geschehen zu stellen, wodurch mein heimliches Horchen heraus kam. Drittens bewegten mich
diese Ereignisse derart stark, dass sie mir Alpträume und Angstzustände zum Problem Sterben und
Tod bereiteten. Wenn ich die Geschichte heute
niederschreibe kann ich nicht immer für eine schar-
fe Trennung zwischen meinen damaligen Kenntnis-
sen und Empfindungen als Kind und meinen heutigen Erfahrungen, auch bei Beurteilungen und For-
mulierungen, garantieren.
In einer Sargtischlerei bohrte ein Einbrecher in alle
Sargdeckel mehrere ungefähr 3 – 4 mm große Löcher; ansonsten entwendete oder zerstörte er nichts.
Die Suche nach ihm blieb ergebnislos bis ein Mann
in einem Bestattungsinstitut erwischt wurde, der in

alle dort bereit stehenden Särge mehrere kleine Hämmer legte. In der Vernehmung bei der Polizei gab er auch den Einbruch und die Tat in der Tischlerei unumwunden zu. Die Gesetzeshüter staunten nicht schlecht als sie seine Motive vernahmen, und meinten anfangs, einen aus einer Nervenklinik Entflohenen gefasst zu haben. Bald stellte sich heraus, sie hatten einen normalen Menschen vor sich, der durch ein schreckliches Erlebnis sehr schockiert war und Vorsorge treffen wollte, dass anderen Menschen nichts Ähnliches geschieht.

Er berichtete: „Ich ging während eines starken Sturmes auf einer Allee mit hohen kräftigen Bäumen entlang. Plötzlich sah ich über mir einen unheimlich großen Ast abbrechen, der auf mich herab fiel. Alles ging so schnell, ich konnte nicht ausweichen und ein heftiger Schlag am Kopf war mein letztes Empfinden. Von da an konnte ich mich an nichts mehr erinnern. Ich wusste nicht wie lange es dauerte bis ich plötzlich laute Musik vernahm, man sagte mir später, es wäre 3 Tage nach dem Unfall während meines Begräbnisses gewesen. Ich befand mich in einem Sarg auf einem von Pferden gezogenen Leichenwagen auf der Fahrt zum Friedhof. Die ganze Zeit bis zu diesem meinem Aufwachen lag ich also in einer tiefen Ohnmacht."

Die Beamten ließen, von der ungewöhnlichen Geschichte beeindruckt, dem Mann eine Verschnaufpause. Der sprach aber bald weiter: „Um mich war es dunkel, ich konnte nur schwer atmen und war in meinen Bewegungen stark eingeschränkt. Ich spürte aber wie es unter mir rumpelte und ich wurde hin und her geschüttelt; da kam mir ins Bewusstsein, ich wurde gefahren und lag in einer fest verschlossenen Kiste. In der Nähe des Wagens spielte eine Blasskapelle. Wo brachte man mich hin? Wie sollte ich mich bemerkbar machen? Ganz wirr und benommen war es in meinem Kopf, der sehr schmerzte. Wahrscheinlich fiel mir aber ein, ich musste irgendwie ein Zeichen geben, aber wie? Ich war zu schwach, um mit einer Faust an die Wand zu klopfen; bei der lauten Musik hätte man das auch nicht gehört. Nach einiger Zeit wurde ich noch einmal tüchtig durchgeschüttelt und draußen trat Stille ein, bis ich undeutliche Worte vernahm. Das war doch die Stimme unseres Pastors, die kannte ich und ich hört seine Worte: „Der Verstorbene war ein frommer Mensch."

Den Mann überwältigte die schlimme Erinnerung und er konnte zunächst nicht weiter berichten. Ein Polizist sagte sachlich: „Das war ein Scheintod – aber alle Achtung, wie Sie das 3 Tage ohne Trinken im Sarg ausgehalten haben!" Die Beamten wollten nun wissen, wie der Eingesargte sich bemerkbar machen konnte und es herauskam, bevor man ihn lebendig begraben hätte. Der Vorfall war in keinem Polizeibericht erschienen – man hatte das Ganze also verheimlicht. Aber die Teilnehmer an der ungewöhnlichen Trauerfeier machten schließlich alles öffentlich. Sie erzählten: „Ein Sargträger rief plötzlich: Halt, hier im Sarg regt sich was! Große Bestürzung folgte und die näher stehenden hörten tatsächlich ein ganz leises Wimmern im Sarg. Schnell wurde der Deckel geöffnet und man sah, der Mann lebte. Wie auch immer, es war ein Glück, dass der Sargtischler schludrig gearbeitet hatte und ein breiter Spalt zwischen Sargunterteil und Deckel offen geblieben war. Deshalb konnte der Scheintode nicht ersticken. Andererseits war es ein Glücksumstand, dass die Beerdigung so kurzfristig erfolgen sollte, sonst wäre der Mann wahrscheinlich verdurstet."

Nun berichtet der Gerettete in der Vernehmung weiter: „Ich kam in die Freiheit und schnell in ein Krankenhaus, wo ich mich nach einiger Zeit von meiner Gehirnerschütterung und einigermaßen von dem Schock erholte. Weil ich von einigen Ärzten immer wieder die Klage hörte, dass bei der Leichenschau oft Pannen passieren und man den wirklichen Tod nur schwer feststellen könnte, wollte ich etwas Gutes tun, was Sie aber als Vergehen einstufen. Deshalb habe ich die Löcher in die Särge gebohrt, denn man kann nicht sicher sein, dass die Tischler Luftlöcher beim Verschließen offen lassen. Ein Gesetz, das dies bestimmt, kenne ich nicht, müsste aber her. Außerdem war es für mich der größte Schreck, dass ich nichts Hartes hatte, um zu klopfen. Deshalb die Hämmer in den Särgen, ob sie allerdings von aufwachenden Scheintoten auch gefunden werden können ist nicht gewiss, besser wäre allemal eine sicherere Feststellung des Todes."

Eltern und Großeltern merkten mir damals an, dass mir 8-Jährigem die Geschichte über den Scheintoten sehr nahe ging. Sie versuchten mich zu beruhigen und meine Großmutter erzählte mir eine andere Geschichte, die mich aufmuntern sollte und an die ich mich noch sinngemäß erinnere: Ein Witzbold legte sich in einer Sargtischlerei in einen fertigen Sarg. Er wollte die anderen erschrecken oder auch die Geschichte von dem geretteten Scheintoten nachspielen, die du ja kennst. Er lag fast einen halben Tag lang, ohne dass ihn jemand finden wollte. Da wurde es ihm zu quälend und er rief: „Will mich denn niemand entdecken. Ich kann doch nicht ewig den Toten spielen."

Der Tischlermeister antwortete: „Komm nur hervor, ich habe Dich schon lange bemerkt. Der Doktor und 2 kräftige Wärter von der Nervenklinik werden gleich kommen und dich dorthin abtransportieren." Da ergriff dieser Witzbold sofort die Flucht und er bekam im Dorf den Spitznamen der „Scheintote"; niemand fand seinen Spaß witzig, was ihn am meisten ärgerte.

In ihrer Art wollte mir meine Oma wahrscheinlich erklären, dass die Angelegenheit mit dem Tod zu ernst ist, um sie ins lächerliche zu ziehen, man aber auch offen ohne Angst damit umgehen sollte. Sie war eine gläubige Frau und sagte: „Der liebe Gott will, dass wir nicht nur traurig sind, sondern auch über Geschichten lachen dürfen, wenn sich Menschen gegenseitig mit Worten wie Teufel, Himmel, Hölle und Tod necken." Sie erinnerte mich an eine Kuriosität, die es in meinem Heimatort tatsächlich gab und die gern erzählt wurde.

Die Frau eines Einwohners, der dem Alkohol sehr zusprach, ließ sich scheiden. Der Mann verschwand, es kam aber eine Postkarte ohne Absender an; auf dieser stand nur der Text: „Oswald tot." Er war daraufhin mehrere Jahre verschollen und als er frohgemut wieder in meinem Heimatort auftauchte, erhielt er den Spitznamen „Oswald Tod". In unserem Ort gab es außerdem die Familien mit dem richtigen Familiennamen Teufel und dem Spitznamen „Lieber Gott". Der war entstanden, weil der Familienvater immer und überall zu jeder passenden und unpassenden Gelegenheit diese Worte sagte. Daraus entwickelte sich die Besonderheit: „ Die Tochter vom Oswald Tod heiratete den Sohn vom Teufel und sie wohnten im Haus vom `Lieben Gott´ zur Miete."

Durch diese Erzählungen wurde ich damals als Kind tatsächlich etwas aufgeheitert und meine Alpträume über den Scheintoten wurden weniger. Allerdings muss ich dieser Veröffentlichung hinzufügen, dass heute der Begriff „Scheintod" nicht mehr gebraucht wird, man weiß, es ist eine Ohnmacht. Im Übrigen sind heutzutage auch die diagnostischen Möglichkeiten zur Todesfeststellung viel perfektionierter als während meiner Kindheit vor mehr als 75 Jahren. Außerdem sind Gesetze und Handhabung der Leichenschau so streng, dass im Normalfall eine Beerdigung eines Ohnmächtigen auszuschließen ist. Nur in Kriminalgeschichten hört man noch davon.

Oma legt Ersatzteile ab

Ob die Geschichte wahr ist weiß ich nicht, ich hörte sie von meiner Tante, die gern von vornehmen Leuten erzählte. In herrschaftlichen Häusern feierte man Familienfeste häufig im großen Rahmen. Die vielen Gäste wurden meistens auch zur Übernachtung im eigenen Haus beherbergt und alle mussten etwas zusammenrücken. So ergab sich, dass der 8-Jährige Enkel - nennen wir ihn Karl-Friedrich - im Zimmer bei der fast 70-Jährigen Oma einquartiert wurde. Er musste, wie das in früheren Zeiten für Kinder üblich war, selbst zu einer Feier früher ins Bett als die Erwachsenen. Ich erinnere mich noch, dass ich mich bis zum Alter von etwa 12 Jahren, fast ohne Ausnahme, gegen 20,00 Uhr „verziehen" musste, wie es umgangssprachlich hieß, das bedeute also schlafen gehen.

Zur Feier war es spät geworden und als die Oma ins Schlafzimmer kam fragte sie: „Karl-Friedrich schläfst du?" Er stellte sich fest schlafend und die ältere Frau begab sich zu ihrem Toilettentisch. Dort nahm sie als erstes die Perücke vom Kopf. Der Junge konnte sich kaum beherrschen, um nicht laut seine Verwunderung herauszustoßen. Die ältere Frau hatte nur noch ganz spärliche Haare und am größten Teil des Kopfes eine Glatze. Dabei kannte er sie nur mit fülligem Kopfhaar. Jetzt kamen die Halskette, Armreifen und großen Siegelringe runter, das kannte er und im Freundeskreis nannten sie das Kriegsschmuck, der je nach Anlass wechselte. Auch die Apparate im Ohr waren nichts besonderes, denn wenn Oma die zufällig nicht trug, konnte man durchaus auch leise mal etwas Freches sagen.

Die falschen Zähne, die nun raus kamen, waren aber wieder etwas Einmaliges. K.-F., wie er von den Spielgefährten immer gerufen wurde, ärgerte sich richtig über die Falschheit der Oma, die stets sagte: „Siehst du, was ich für schöne Zähne habe? Ich putze sie auch regelmäßig." Dabei hatte sie es so einfach, sie konnte das Zahnersatzteil zum Putzen herausnehmen, während er immer mit der unangenehmen Bürste im Mund rumhantieren musste. Jetzt kam die Sensation, Oma entfernte ihren Büstenhalter und er konnte im Spiegel, vor dem sie saß, die kleinen schlaffen Brüste sehen. Im Kleid sah man immer zwei so groß geformte Kugeln am Oberkörper. Jetzt konnte K.-F. nicht mehr an sich halten und er rief: „Oma, hast du in der Mitte deines Bauches auch eine solch komische Stelle, die fast wie ein Knopf aussieht. Wenn du daran drehst könnte dir vielleicht sogar der Po abfallen?" Welche Konsequenzen aus der Unartigkeit erwuchsen, dass sich das Kind schlafend gestellt hatte, erzählte meine Tante nicht, aber das Erschrecken der alten Dame muss grenzenlos gewesen sein.

Seit es Perücken, Zahnprothesen und Hörgeräte gab, haben viele Frauen ihr tatsächliches Aussehen und Verhalten gefälscht, Kinder durften das nie erfahren.

Pferde bekommen keinen Herzinfarkt

Schon während meiner Jugendzeit in den 1940/50er Jahren machte in unserer Familie und Verwandtschaft der Spruch, der noch heute seine Berechtigung hat, die Runde: „Als junger Mensch jagt man mit der Gesundheit dem Gelde nach, im Alter mit dem Geld der Gesundheit". In der Jugend macht man sich wenig Gedanken darüber, ob es gesundheitliche Folgen haben könnte, wenn man seinen Körper oder gesamten Organismus immer auf Hochtouren laufen lässt, gefährliche Aufputschmittel einnimmt, krankmachende Diäten anwendet oder unseriöser Gesundheitswerbung glaubt.

Es gibt viele Ratschläge, wie man die Gesundheit bis ins hohe Alter erhalten kann, aber kein Patentrezept für ein „gesundes Leben" in allen Altersstufen. Es ist der Traum der Menschheit bis ans Lebensende, das man immer weiter hinausschieben möchte, jung, dynamisch und gesund zu bleiben. Daraus hat sich heute ein immenser Markt für Angebote entwickelt, die man in allen Medien in geschickt aufgemachter Werbung findet. Pharma- und Ernährungsindustrie, Sportgerätehersteller, Fitnessstudiobetreiber, von der Industrie finanzierte Forschungseinrichtungen, Buchautoren, seriöse und unseriöse Fachleute und viele andere empfehlen ihre Produkte und Anleitungen mit oft fraglichen Erfolgsgarantien. Diese Vielzahl der Empfehlungen ist fast nicht mehr zu überblicken, sie können von

Laien nicht sachlich, fachlich beurteilt werden. Wenn man also auf dem Gebiet „gesund leben" heute Erfahrungen darstellen will, gerät man sehr schnell auch in den Ruf ein „Besserwisser" zu sein, um mit undurchsichtigen Empfehlungen Geld verdienen zu wollen. Ich will Erlebnisse beschreiben, worüber man weinen oder auch lachen könnte. Der Leser sollte daraus selbst seine Schlüsse ziehen, ob sie ihm als Rezept für „gesundes Leben" hilfreich sein könnten.

Ein Unternehmen (das hier aus rechtlichen Gründen nicht genannt wird), das eine Werbekampagne für Vitamine in ausgewählten Kombinationen startete, benutzte hierfür auch Verhaltensweisen und Krankheiten von Pferden. Herzinfarkt gehört nach wie vor zu den häufigsten Todesursachen des Menschen und Empfehlungen, wie die bekannten Risiken zu mindern sind, finden viel Aufmerksamkeit. Deshalb wurde in der Werbung verkündet: „Warum erkranken Pferde kaum an Herzinfarkt? Wir haben es ergründet: Sie bewegen sich viel und ernähren sich natürlich und vitaminreich! Unser Nahrungsergänzungsmittel enthält alle Wirkstoffe, wie sie auch im natürlichen Futter der Pferde zu finden sind. Das Mittel in der empfohlenen Dosis eingenommen und sich dazu täglich mindestens eine Stunde an der frischen Luft bewegt, reduziert die Gefahr an Herzinfarkt zu erkranken um mindestens 80%!"

Es fanden sich Etliche, die das teure Erzeugnis kauften, weil ihnen die Argumentation logisch erschien. Nur konnte nie, in keiner Studie, der prophezeite Erfolg nachgewiesen werden. Erkrankte wollten den Hersteller verklagen, sie hatten keine Chance. Jeder konnte zu den 20% möglichen Erkrankungsfällen gehören und außerdem war keiner in der Lage, die tägliche einstündige Bewegung nachzuweisen.

Meine Großmutter, die 1947 im Alter von 78 Jahren starb, war immer eine schlanke Frau. Von ihr erfuhr ich viele Lebensweisheiten, so auch zum „gesunden Leben". Sie meinte: „Dass ich stets schmächtig geblieben bin liegt in meiner Familie, auch ich hätte gern etwas rundlichere Proportionen. Ich habe noch nie gehört: `Die ist aber schön dürr.´ Aber alle sagen: `Die ist aber schön mollig, die sieht gesund aus.´" Sie kennzeichnete damit gleichzeitig die damalige Situation vieler Frauen, die in der Kriegs- und Nachkriegszeit wenig zu essen hatten und zwangsläufig mager waren, weil sie auch zum Wohle ihrer Kinder oft selbst aufs Essen verzichteten. Das war ein aufgezwungener Lebensstil. Heute hungern Frauen oft freiwillig.

In der Neuzeit haben sich also die Verhältnisse verändert, niemand will mehr mollig sein, zahlreiche Frauen treiben unheimlichen Aufwand um schlank zu bleiben oder zu werden. Sie übertreiben sogar, wirken dürr und dadurch nicht mehr schön. Diät-

und Schlankheitskuren sind hoch in Mode, Magersucht wird zu einer gefährlichen Krankheit. Mediziner warnen und auch die Stimmen seriöser Ernährungswissenschaftler verhallen im Winde.

In gleicher Weise wird Männern und Frauen, die oft nur ein wenig Übergewicht haben, heute eingeredet, sie seien krank und würden früher sterben. Ich war 1992 mit meiner Frau als Begleitperson in einer orthopädischen Kureinrichtung. Als Gesunder wollte ich trotzdem einige Kuranwendungen in Anspruch nehmen und mir wurden bei der Aufnahmeuntersuchung „Diätmahlzeiten" verordnet, obwohl ich nach den bekannten Maßstäben nur 4 kg Übergewicht hatte. Ich ließ es über mich ergehen, da ich ja außerhalb der Kureinrichtung Gelegenheit hatte mich hin und wieder satt zu essen. Die Diätassistentinnen waren bei der Essensverteilung derart zickig, dass mir folgendes passierte: Meine Frau hatte Anwendung und ich nahm die Mittagsmahlzeit allein ein. Die Suppe, die ich bekam, war so dünn und eine so kleine Portion, so dass ich das schon bereit gestellte Essen meiner Frau noch vor mich hin stellte und ich wollte beginnen, davon noch etwas zu essen. So schnell konnte ich gar nicht reagieren, wie die Diätassistentin angesaust kam und mir dieses Mittagessen wegnahm. Von da an protestierte ich und verlangte „Normalkost", die mir gut bekam.

Seit über 70 Jahren fühle ich mich dem Tierschutzgedanken verbunden und habe seither auch etliches dafür getan, unsere Mitgeschöpfe vor Misshandlungen zu schützen und für die Haus- und Heimtiere eine artgerechte Haltung zu garantieren. Nach langjähriger Tätigkeit als Vorsitzender wurde ich Ehrenvorsitzender eines Tierschutzvereins. Man hat mein Engagement im Tierschutz immer angenommen und akzeptiert, auch wenn ich kein Vegetarier wurde und behaupte: Bei diese Ernährungsweise sollte man nicht Mitleid für die Tierwelt in den Vordergrund stellen, sondern auch ernährungsphysiologische Gesichtspunkte berücksichtigen. Wer sich für eine vegetarische oder vegane Lebensweise entscheidet sollte das tun, aber nicht glauben, dass alle diejenigen, die sich dem nicht anschließen, würden unseren Tieren schaden. Von meinem Großvater hörte ich schon seiner Zeit den Spruch: „Wo das Wissen aufhört fängt der Glaube an." Manche Befürworter oder Ablehner des Vegetarismus verschließen sich manchmal wissenschaftlichen Tatsachen, dann muss, das habe ich vielfach erlebt, der Glaube herhalten.

Ein passionierter Vegetarier lehnte den Verzehr von Fleisch der Haustiere ab aber Wildtierfleisch hat er leidenschaftlich gern gegessen. Ein anderer hat Rostbratwürste gegessen, weil er meinte, das sei kein Fleisch. Bei einem Vegetarier wurde starker Eisenmangel im Blut festgestellt, eine Therapie mit Medikamenten oder pflanzlichen Nahrungsmitteln, die reich an Eisen sind, blieb ohne Erfolg. Nachdem seine Blutarmut mit anderen Mitteln nicht mehr zu heilen war, entschloss er sich, wieder Fleisch zu essen und wurde gesund.

Viele Menschen meinen mit einheimischen Obst – und Gemüseerzeugnissen aus der Region könnten sie sich gesund ernähren, da scheint sogar etwas dran zu sein. Ein Erlebnis bestärkte aber meine Meinung, viele kleine Lebensmittelskandale werden gar nicht aufgedeckt, weil es mehr betrügerische Energien gibt, als je Kontrollen möglich wären. Ich kontrollierte 1990 kurz nach der Wende als Amtstierarzt auf einem Wochenmarkt in der DDR und war schon frühmorgens 5,00 Uhr anwesend. Ein Händler aus den alten Bundesländern hatte viele Kisten angefahren, in denen sich, richtig deklariert, ausländisches Gemüse befand. Daneben hatte er Behältnisse mit der Aufschrift: „Gemüse aus der Region" gestapelt, in die er von Leuten, die sich paar „Westmark" verdienen wollten, die ausländischen Gemüseerzeugnisse verbringen ließ. Es bedurfte sogar großer Anstrengungen ihn zur Rechenschaft zu ziehen, weil er behauptete, er habe in der Aufschrift nicht den Namen der Region genannt.

Ebenso kann ich durch eigene Erlebnisse die Medienberichte bestätigen, in denen bewiesen wurde: „Wo BIO drauf steht, ist nicht immer BIO drin", oder in die Packungen mit der Aufschrift „Freilandeier" rutschen nicht selten Eier aus der Käfighaltung.

Sozialverhalten der Schweine

Bei „Wikipedia" wird auf der aktuellen Seite zum „Sozialverhalten" geschrieben: „Das *Sozialverhalten* umfasst alle Verhaltensweisen von Menschen und Tieren, die beim Menschen auf Reaktionen oder Aktionen anderer Menschen, bei Tieren auf Individuen der gleichen Art zielen. Sozialverhalten umfasst somit sowohl Formen des einträchtigen Zusammenlebens als auch agonistisches Verhalten."

Über das Sozialverhalten von einzelnen Tierarten weiß ich etwas Bescheid, das der Menschen ist aber sehr kompliziert und kann in der Regel nur von Psychologen korrekt definiert und beurteilt werden. Trotzdem behaupte ich nach meinen Erfahrungen, dass alle Menschen mehr oder weniger egoistisch sind, was sich auch in ihrem Sozialverhalten ausdrückt. Gleiches beobachtete ich auch bei den Haustieren. Ob diese erst durch die Domestikation so geworden sind ist nicht eindeutig, weil alle Tiere in der Natur alles für die Erhaltung ihrer Art tun, worin wohl ein grundsätzlicher Eigennutz zu erkennen ist. Außerdem geht es immer um die Ernährung, ums Fressen, wobei sich in der Regel die Kräftigsten meistens egoistisch durchsetzen.

In physiologischen und anatomischen Eigenschaften sind bisher etliche Gemeinsamkeiten von Schweinen und Menschen festgestellt worden.

Manchmal wird behauptet, es gäbe auch im Sozialverhalten viel Gemeinsames. Ich zitiere wiederholt den Ausspruch des berühmten Staatsmannes Winston Churchill, der gesagt hat: „Hunde blicken zu uns auf, Katzen schauen auf uns herab und Schweine behandeln uns als Gleichgesinnte". Man muss wohl annehmen, dass dahinter auch eine zynische politische Aussage steckte.

Ich erhebe keinen Anspruch darauf, gesicherte wissenschaftliche Ergebnisse darzustellen, ich will in dieser Geschichte über Beobachtungen berichteten. Mögliche oder absurde Gemeinsamkeiten oder Gegensätzlichkeiten von Menschen und Schweinen werden dabei einbezogen. Vor mehreren Jahren wirkte ich bei Versuchen mit, durch die festgestellt werden sollte, ob Schweine, die aufrecht stehend ihr Futter einnehmen, eine bessere Gewichtszunahme haben und sich wohler fühlen. Außerdem wollte man ermitteln, ob bei dieser Körperhaltung die Verdauung, besonders die Kotausscheidung, besser funktioniert. Es wurden spezielle Futtertröge konstruiert, vor denen die Tiere gewissermaßen auf ihren Hinterbeinen standen und fraßen. Der Versuch führte zu keinen verwertbaren Ergebnissen und wir sagten ironisch: „Schweine sind wahrscheinlich noch nicht so weit, das aufrechte Gehen, Sitzen und Essen zu praktizieren. Sie wühlen doch lieber mit ihrem Rüssel im Schlamm, weil sich bei ihnen auch noch keine Hände gebildet haben mit denen sie essen könnten."

Bei der Schweinehaltung in Gruppen habe ich, wie auch in der Literatur beschrieben, Unterschiede im Verhalten der männlichen und weiblichen Tiere beobachtet. Eber kämpfen bei der Zusammenstellung 30 bis 60 Minuten lang um die Rangordnung. Der Kampf endet mit der triumphalen Verfolgung des unterlegenen Tieres. Dieses Verhalten bleibt meistens auch bei kastrierten Tieren erhalten. Weibliche Schweine führen auch, allerdings kürzere Zeit dauernde Rangkämpfe aus, wobei die größeren stärkeren oder älteren Tiere oft die Überlegenen sind. Besonders intensiv sind die Kämpfe um die günstigsten Futterplätze, vor allem, wenn diese nicht ausreichen. Die Bewertung, wie sich Männer oder Frauen bei Gruppenbildung verhalten, überlasse ich der Beurteilung der Leser.

Schon bei Ferkeln sind Rangkämpfe zu beobachten. Bei säugenden Sauen haben die Zitzen im Brustbereich die meiste Muttermilch, die von den Ferkeln außerdem mit geringerer Anstrengung gesaugt werden können. So beginnt von den ersten Lebensstunden an ein Kampf um diesen Zitzenbereich, wobei sich die stärkeren Tiere durchsetzen.

In der modernen Schweinehaltung werden die Ferkel unterschiedlich lang (4 – 8 Wochen) beim Muttertier belassen. Wenn sie nicht mehr auf die Muttermilch angewiesen sind, also selbständig Nahrung aufnehmen, werden sie abgesetzt und die Tiere, meist auch aus verschiedenen Würfen, in Gruppen zusammengebracht. Manchmal beißen sich die Tiere in dieser neuen Gemeinschaft gegenseitig in die Ohren, was weniger schmerzhaft ist als der häufige Biss in den Schwanz.

Nachdenklich machte mich eine Beobachtung bei der Zusammenstellung von Läufern, so nennt man die Schweine, wenn sie vom abgesetzten Ferkel zur nächsten Entwicklungsstufe (ca. 25- 30 kg schwer) heranwachsen; im übertragenen Sinne vergleichbar mit der Teenagerzeit beim Menschen. Unter den gleichfarbigen hell aussehenden Tieren war ein Läufer, an dessen Flanke ein großer schwarzer Fleck sichtbar war. Der rührte offensichtlich daher, dass die Eltern dieses Schweins noch Eigenschaften des Deutschen Sattelschweins, die auf der hellen Haut große schwarze Flecken haben, in sich trugen. Sie vererbten ihren Nachkommen diesen Farbfleck. Dieses Aussehen machte diesen Läufer, ich nannte ihn „Schwarzfleck", bei allen gegenseitigen Attacken der Schweine in dieser Gruppe zur Zielscheibe. In der Rangordnung nahm er den untersten Platz ein. Mit List und Tücke musste er sich seine Anteile am Futter und beim Trinken sowie einen bequemen Ruheplatz erkämpfen. Es zeigte sich, dass sein fremdartiges Aussehen zur Ausgrenzung in der Gruppe führte, es wäre aber falsch dieses als typisches Sozialverhalten der Schweine einzustufen, denn dieses Phänomen spielt auch in der menschlichen Gesellschaft eine große Rolle;.

Stuhlgang nicht nur Notdurft

Mein 10-Jähriger Enkel fragte: „Warum gibt es für das „Kacken" so unterschiedliche Ausdrücke, sagt man z. B. auch Stuhlgang, weil das Klo fast wie ein Stuhl aussieht?" Ich war schon froh, dass er den heute üblichen deftigen Ausdruck „Scheiße" vermied. Dazu gab es aber auch in unserer Familie die Regel, dass man „schlechte Worte - Fäkalausdrücke" möglichst unterlassen sollte. Durch diese Frage erhielt ich jedoch Gelegenheit, wieder einige kleine Scherzchen zu erzählen, die finden heute die Kinder zwar zu harmlos, weil sie dabei meistens die „Action" vermissen. Trotzdem können wir „Alten" es nicht lassen, belehren zu wollen und dabei unsere Erfahrungen kund zu tun, die die „Jungen" aber auch selbst sammeln müssen.

„Du hast in deiner Frage schon eine erste Antwort gegeben. Im 18. Jahrhundert wurde ein so genannter Leibstuhl erfunden, das war eine Sitzgelegenheit mit Seitenlehnen unter dessen Sitz sich ein Nachttopf befand. Der Gang zu diesem Stuhl erfolgte zur Verrichtung der Notdurft, deshalb Stuhlgang. Diesen Leibstuhl besaßen aber nur vornehme, reiche Familien; in Bauernhäusern waren Plumpsklos – wie wir ein ähnliches in unserem Schrebergarten haben - üblich. In den großen mehretagigen Miethäusern in den Städten waren die Aborte auf halber Treppe. Die Klobecken waren an ein senkrecht verlaufendes Abfallrohr angeschlossen, damit die Fäkalien ungehindert schnell in eine Grube unter dem Haus gelangen konnten. Diese menschlichen Ausscheidungen waren ein wertvoller Felddünger, der mit der späteren Erfindung und Einführung der Klosetts mit Wasserspülung nicht mehr direkt genutzt werden konnte."

Der Junge schien Interesse an diesem Thema zu haben und ich konnte nun eine Geschichte erzählen, die ich schon in den 1930er Jahren von meiner Großmutter gehört hatte. Heute würden wir dieses Kuriosum als Witz auffassen, aber es sollte sich - nach meiner Oma - um eine wahre Begebenheit gehandelt haben: Der Mann, ein Hausweber, besaß einen einzigen Webstuhl, der sich in der Wohnstube befand. Er war krank und musste seine Arbeit unterbrechen; der Arzt wurde zum Hausbesuch gerufen. Auf die Frage des Mediziners nach dem `Stuhlgang´ antwortete die Ehefrau: „Gestern webten wir noch Drillichstoff, der ging sehr gut, aber wie der Stuhlgang mit den modernen Garnen und Fäden gelingt und aussieht, das wissen wir noch nicht. Es ist eben eine Maschine, aber danke, Herr Doktor, für die Nachfrage zu unserer Arbeit."

Ich erinnere mich, als Kind habe ich über diese Episode sehr gelacht. Mein Enkel verzog kein Gesicht und meinte nur ganz sachlich: „Klar, während deiner Kindheit vor vielen Jahren wussten die Menschen medizinisch noch nicht so Bescheid. Ich finde es auch komisch, dass vieles immer so umständlich ausgedrückt wird. Bei Menschen spricht man vom "Stuhl", der bei den Tieren „Kot" heißt und doch das gleiche ist. Wir haben im Biologieunterricht die Verdauung behandelt und da habe ich im Internet nachgeschaut welche Begriffe es für die Darmausscheidungen gibt. Da fand ich: Stuhl, Kot, Notdurft, Exkrement, Geschäft, sogar Haufen, Kacke, Scheiße und Schiss, Losung sagen die Jäger und die Kinder Aa und Kacka. Alle diese Worte gelten für ein einziges Geschehen über das man nicht gern spricht und das man meist zu umschreiben versucht. Aber warum ist der Umgang mit diesen Abläufen für die Tiere offen und natürlich und wir Menschen schämen uns dabei?"

Bei diesem Gespräch und der Frage dachte ich an meine Schulzeit vor mehr als 75 Jahren und staunte über die bisherige Entwicklung, was heute 10-Jährige alles wissen, welche Lernmöglichkeiten sie haben und wie gezielt sie fragen. Unter diesen Umständen musste ich also die knifflige Frage beantworten und wäre am liebsten in die Ausrede geflüchtet: „Das weiß ich leider auch nicht ganz genau." Zu dieser Antwort gehört Mut, den man aber immer haben sollte. In diesem Falle wagte ich aber nun zu antworten und begann mit der bekannten Formulierung: „Bei meiner Antwort erhebe ich keinen Anspruch auf Vollständigkeit." Nach diesem Vorspann sagte mein Enkel altklug: „Na gut, Opa,

man kann ja heute auch nicht mehr alles wissen!"
Ich begann zu erklären:
„Im Altertum war in verschiedenen Kulturen der Toilettengang nicht so wie heute, wo auch in öffentlichen Aborten jeder in seiner abgeschirmten Kabine sitzt und es verboten ist, sich gegenseitig zu beobachten. Bei den alten Griechen gab es keine Trennwände und der Toilettengang war eine gesellige Angelegenheit, man unterhielt sich dabei über viele Probleme und auch über den Stuhlgang. Im Übrigen gibt es in Deutschland in Köln ein „Museum für Scheiße", in dem auch die Geschichte der Toiletten und des Toilettengangs sogar mit Exponaten gezeigt wird. Für mich - ein Vertreter der alten Generation - ist dieses gewöhnungsbedürftig, weil „Scheiße" für uns ein „unanständiges Wort" bleibt, das man möglichst umschreiben sollte. Mir missfällt auch, dass man - wie heute üblich - in allen Medien diesen Ausdruck gern und oft besonders stark betont gebraucht." Von meinem Enkel hörte ich hierzu: „Das ist aber sehr altmodisch!"
„Nun zu deiner speziellen Frage zum unterschiedlichen Verhalten von Mensch und Tier bei der Darmentleerung. Als die Menschen „sesshaft" wurden und Landwirtschaft betrieben waren sie in immer größerer Zahl über längere Zeit an einen Ort ansässig. Damit galt es neue Regeln für das Zusammenleben aufzustellen. Man spricht davon, dass dadurch nach und nach eine gewisse Zivilisation

begonnen hätte. Die Menschen hoben sich in ihrem Verhalten immer stärker vom Tier ab. Besonders für die Kotausscheidungen wurden separate Plätze ausgewählt, weil hier auch ein bestimmtes Ekelempfinden eine Rolle spielte: Die Ausscheidungen stanken! Zur gleichen Zeit wurden immer mehr Wildtiere domestiziert."

„Den Begriff kenne ich", sagte mein Enkel, „das heißt sie wurden Haustiere und mit diesen Tieren wohnte man anfangs sogar sehr eng zusammen, oft in einem gemeinsamen Raum."

„Stimmt und auch den Haustieren wurden Plätze zugewiesen, wo sie ihren Kot absetzen konnten. Das Aufsuchen dieser Stellen scheinen sie sogar bis heute beibehalten zu haben, wenn wir sie nicht durch „Haltungsformen" (angebundene Rinder, Pferde, ja sogar Schweine) dazu zwingen an ihrem Standplatz zu koten. Wenn der Mensch das dann nicht sauber hält müssen sie sich auch in ihre eigenen Ausscheidungen legen. Was ihnen offensichtlich auch nicht gefällt. Besonders bei Hausschweinen, die stets als dreckig beschimpft werden, beobachtet man, dass sie in Gruppenhaltung auch einen gesonderten Platz in der Bucht haben, wo sie sich entleeren."

„Hier könntest du aber wirklich nicht so vornehm sein und scheißen sagen, das sind doch Tiere", musste ich vernehmen.

„Ja, aber in unserem Sprachgebrauch sollten wir auch bei Tieren die vulgären Ausdrücke vermeiden", erwiderte ich und fuhr fort:

„Wir denken immer, wir Menschen würden in der Reinlichkeit den Tieren überlegen sein. Das ist nicht richtig, denken wir nur an die Bilder, die wir oft vom Mittelalter im Fernsehen und Filmen sehen. Damals noch wurden der Kot und aller Unrat von Menschen häufig einfach auf die öffentlichen Plätze und Straßen verbracht. Im Tierreich kann man an unzähligen Beispielen beobachten, wie Tiere, vor allem Vögel, ihr Nest oder bestimmte Säugetiere ihre Höhlen und Baue nebst Umgebung immer sauber halten. Du wolltest aber auch wissen, warum wir Menschen uns bei allem, was mit Stuhlgang zusammenhängt, irgendwie schämen und das tun Tiere nicht. Aus ganz frühen Zeiten und von Naturvölkern und selbst noch aus dem vorigen Jahrhundert wissen wir, dass dies nicht immer so war. So kennen wir Überlieferungen, dass Adlige in aller Öffentlichkeit bei Hofe sich auf den Nachttopf setzten und vieles andere mehr. Um das Thema tiefgründig zu behandeln müssten wir den Begriff Schamgefühl klären. Hierüber gibt es viele, viele Schriften und ich will hier nur erläutern, dass Menschen sich schämen, wenn sie Normen verletzt haben oder Verfehlungen aufgedeckt werden und anderes mehr. Normen und Regeln werden aber wiederum von Menschen selbst gemacht und waren auf dem Gebiet des Umgangs mit unseren Darmentleerungen in den vergangenen Epochen und Gesellschaften sehr, sehr unterschiedlich. Nach gegenwärtigem Wissensstand haben aber Tiere kein Schamgefühl, wenn auch manche Hunde- und Katzenbesitzer Gesichtsausdrücke ihrer Tiere manchmal so deuten."

Die Frage habe ich von meinem Enkel fast erwartet: „Also schämen sich Hunde nicht, wenn sie auf die Wiese, wo Kinder spielen, kacken?"

Nein, das tun sie nicht, aber wir trauen sehr oft Tieren auch menschliche Gefühle zu, die sie nicht haben.

Aber das ist ein spezielles Thema, das vielleicht in einer anderen Kurzgeschichte behandelt werden könnte."

Für Stuhlgang beim Mensch und Koten der Tiere gibt es unterschiedliche Worte und auch verschiedenes Verhalten bei diesen Vorgängen.

Teures Schlüsselerlebnis

Unsere Urlaubsreise im Sommer 1963 nach Lubmin an die Ostsee begann mit vielen Problemen und Überraschungen, verlief und endete auch so. Diesen Ort und Strand gibt es heute nicht mehr, er musste dem Atomkraftwerk weichen.

Reisebüro oder Gewerkschaft lehnten unsere Anträge auf einen Ferieplatz ab und wir waren auf Eigeninitiative angewiesen. Wir freuten uns deshalb, dass uns ein guter Bekannter und Fachkollege sein schönes Wochenendhaus am Ostseestrand für 14 Tage vermietete. Mit in den Urlaub fahren wollten und sollten: Meine Frau und ich, meine Mutter, unsere beiden Jungen 11 und 9 und die zwei Mädchen 7 und 5 Jahre alt.

Für die Fahrt stand uns eine Skoda/Oktavia – Limousine, zugelassen für 5 Personen, zur Verfügung. Wie wir es schafften 3 Erwachsene und unsere 4 Kinder zuzüglich viel Gepäck in diesem Fahrzeug unterzubringen, bleibt mir bis heute ein Rätsel. Ebenso wundere ich mich, wie wir die je 400 km lange An- und Abfahrt Erfurt – Lubmin bei sommerlichen Temperaturen ohne Klimaanlage im Auto schadlos überlebten. Wir waren eben jung, dynamisch und unternehmenslustig! Vergessen sei hier nicht ein großes Lob an die Mutter für ihre Talente beim zweckmäßigen Auswählen und Verstauen des Gepäcks sowie der sinnvollen Beschäftigung der Kinder, um während der Fahrt keine Langeweile aufkommen zu lassen; damit sie auch den Fahrer, das war ich, nicht störten.

Wir fuhren im frühen Morgengrauen los, um zur Mittagshitze schon einen guten Teil der Strecke bewältigt zu haben; die pünktliche Abfahrt klappte, weil wegen der gespannten Urlaubserwartungen allen das Frühaufstehen nicht schwer fiel. Als schon alle im Auto verstaut waren kamen mir Zweifel, ob ich auch die Korridortüre richtig verschlossen hatte. Ich ging zurück, alles war in Ordnung und abergläubisch wie ich bin sagte ich: „Zurück bringt Glück!" Das hatten wir auch beim ersten „Schreckerlebnis": Auf der Autobahnbrücke über die Elbe auf der Strecke Leipzig – Berlin sahen wir plötzlich Absperrungen für eine Verkehrskontrolle; umkehren war nicht mehr möglich. Unsere beiden Jüngsten mussten auf den Rücksitz ihre Köpfe unter die Beine von Oma stecken, damit man nur 3 Erwachsene und 2 Kinder im Auto sah. Zum Glück gehörten wir zu den Fahrzeugen, die nur vorbei gewinkt wurden, was ich mit meinem Zurückgehen bei der Abfahrt in Verbindung brachte. Wahrscheinlich zählt aber eine abergläubisch bedingte Handlung immer nur für ein Ereignis, denn von nun an begann unsere Pechsträhne.

Wir kamen bei Regen am Urlaubsort an, das war für die letzten Kilometer der Anfahrt wegen nunmehr erträglicher Temperaturen im Auto sehr angenehm; doch dass wir von den folgenden 14 Urlaubstagen nur 2 Sonnentage hatten war weniger erbauend. Wir „sonnenbadeten" mit langen Hosen und Strickjacken, aber die Kinder störten sich nicht am trüben Wetter, sie badeten täglich im recht kühlen Ostseewasser.

Zwei Tage nach Ankunft wurde ich für 5 Tage dienstlich nach Berlin beordert, denn ich hatte in meiner Dienststelle meine Urlaubsadresse hinterlassen müssen, um immer erreichbar zu sein. Ich traute mir nicht, mich zu widersetzen. Außerdem gehöre ich zu der Generation, die im Nationalsozialismus zu strenger Disziplin erzogen worden war, ich parierte also sogar 18 Jahre nach Kriegsende noch wie ein williger „Befehlsempfänger", die auch in der DDR beliebt waren.

Wegen des schlechten Wetters hatten wir einige Autoausflüge in die Umgebung unternommen, denn damit ließ sich bei Regenwetter doch noch ein erträglicher Urlaub gestalten. Nun nahm ich das Fahrzeug mit nach Berlin und für diese 5 Tage waren auch keine Ausflüge, die Abwechslung gebracht hätten, möglich.

Zu Hause hätten die Kinder ihr Spielzimmer gehabt; hier im Urlaub waren wir im Bungalow auf 2 Räume angewiesen und mussten immer für „Spielbeschäftigung" der Vier sorgen.

Wir spielten in den verregneten Urlaubstagen derart viel „Mensch ärgere dich nicht", dass unser Bedarf an diesem schönen Spiel für die nächsten Jahre gedeckt war. Wir führten dabei aber auch individuelle Spielregeln ein – z. B. „Rückwärtsrauswerfen", „Strafrunden bei bestimmten Stellungen der Spielfiguren" und ähnliches. Dieses brachte Abwechslung ins Spiel und hielt die Kinder bei Laune.

Ein Erlebnis von diesem Urlaub wird bei Familienzusammenkünften noch gern erzählt: Wir unternahmen mehrere kleine Wanderungen mit Regenschirm und Regenkleidung durch Dünen und die kleinen Wälder in Strandnähe. Dabei stolperte unsere Jüngste und fiel in einen Ameisenhaufen. Wahrscheinlich war dies für die kleinen Tierchen, denen auch der Regen nicht gefiel, eine Abwechslung. Sie überfielen auf alle Fälle unsere Tochter derart schnell und intensiv, dass sie ausgezogen werden musste, um Körper und Kleidung von den zahlreichen Plagegeistern zu befreien. Trotzdem brachte sie noch einige Tierchen mit in den Bungalow. Ihre Geschwister meinten, sie wäre nicht nur tierlieb sondern besonders „tieranziehend".

Wir bewunderten uns selbst, dass wir bis zum Ende der verregneten Ferien ausgeharrt hatten. Ohne Erholungseffekt, aber froh, zu Hause wieder in geordnete Verhältnisse zu kommen, traten wir schließlich die Heimreise an. Wie zum Hohn war am Abreisetag wieder schöner Sonnenschein und warmes Wetter. Ein sonst üblicher „Wohlfühleffekt" auf den wir im nicht klimatisierten Auto gern verzichtet hätten.

Zur ersten größeren Rast, auf etwa halber Strecke an der Autobahnraststätte Niemegk, fragte meine Frau: „Wo ist der Schlüssel vom Wochenendhaus?" Wir fragten uns: „Wer hat zugeschlossen und den Schlüssel wohin getan?" Niemand erinnerte sich und es folgten gegenseitige Vorwürfe. Wir räumten das Auto aus, durchsuchten das gesamte Gepäck, aber der Schlüssel fand sich nicht! Völlig gestresste Erwachsene wagten jedoch mit vier müden Kindern keine Rückfahrt zum Urlaubsort. Also fuhren wir weiter nach Hause. Gegen Abend in Erfurt angekommen rief ich sofort in Lubmin beim Bürgermeister an. Er erbot sich, gleich den ABV (Abschnittsbevollmächtigten der Volkspolizei) am Häuschen vorbeizuschicken, um nachsehen zu lassen. Der Rückruf ergab: Alles in Ordnung, aber es fand sich kein Schlüssel an der Tür! Beim Hausbesitzer, getraute ich mir nicht anzurufen, weil ich nicht wusste, wie er als stets sehr exakter Mensch auf diesen unseren Fehler reagiert. Ich wollte auf alle Fälle alles ordnungsgemäß übergeben. Es blieb uns nichts weiteres übrig, als sofort zurück nach Lubmin zu fahren.

Unterstützend begleiteten uns die Brüder meiner Frau und wir fuhren mit unserem Skoda in der folgenden Nacht wieder an die Ostsee. Frühmorgens dort angekommen, stellten wir erneut fest, dass alles exakt verschlossen, aber tatsächlich kein Schlüssel da war. Der herbeigerufene Klempner öffnete die Türen und war gerade mit dem Einbau neuer Schlösser fertig, da geschah das für uns Unfassbare: Ein Nachbar kam, um uns den Schlüssel zu übergeben! Wir hatten diesen bei der Abfahrt am Tor stecken lassen. Uns befiel einerseits Erleichterung aber andererseits waren wir wütend auf uns, dass wir diese Variante nicht einkalkuliert hatten; uns wären die strapaziöse Fahrt und viele Kosten erspart geblieben.

Heute ist das „Schlüsselerlebnis" für uns eine humorvolle Geschichte – „Zeit heilt Wunden".

Was der Dialekt anrichten kann

In unserem Ostthüringer Dialekt werden vielfach die Endungen mancher Wörter „er, en, es usw." weggelassen oder verändert. Gleichermaßen ist in der Aussprache t und d sowie p und b oft kaum zu unterscheiden. Wir sprechen deshalb auch von „weichen und harten" Buchstaben. Durch diesen Dialekt ergaben sich einige lustige Verwechslungen.

So wurde also der Pastor zum *Paster*. In der Aussprache ist das aber auch das gleiche Wort für Bastarde – die alte Bezeichnung für Mischlinge bei Tieren – nämlich „Baster". Während meiner Kindheit in den 1930er Jahren erfuhr ich dazu die folgende Geschichte: Der neue Pfarrer machte auf einem Bauernhof den ersten Besuch. Er sah dort auf dem Hof viele Ferkel und Läufer herumlaufen und fragte hochdeutsch: „Welcher Rasse gehören denn diese Schweine an?" Es waren Mischlinge und die Bauersfrau kam in Konflikte: Wenn sie P(B)aster sagen würde, könnte sie den Kirchenmann beleidigen. Sie fand den Ausweg und erklärte: „Ach, das sind bloß kleine *Diagonisse (*abgeleitet von Diakon = Hilfsprediger), sie hatte gehört, dass die Hilfsgeistlichen so genannt werden. Der Kirchenmann schmunzelte, er hatte die Frage ohnehin nur gestellt, um einen Gesprächsanfang zu finden und wusste als Landpfarrer über Schweinerassen etwas Bescheid.

Der Bäcker ist bei uns der „*Bäck*" und in unserer 2000 Einwohner zählenden Kleinstadt gab es damals 7 Bäckereien, wovon heute eine einzige übrig geblieben ist. Um die Bäckerhandwerker zu unterscheiden wird der Bezeichnung „bäck" der Familienname voran gesetzt. Mit zu den größten in diesem Gewerbe gehörte in unserem Ort der *Pitzlersbäck*, der damals als Ausnahme neben Brot und Brötchen auch schon Kuchen und Torte anbot und deshalb nicht Konditor sondern *Kuchenbäck* genannt wurde. Als die Umsiedler (Flüchtlinge) aus den Ostgebieten zu uns kamen, hatten diese Schwierigkeiten mit unserer Umgangssprache; es passierte deshalb, dass ein Umsiedlermädchen den Pitzlersbäck mit „Herr Kuchen" ansprach.

Noch heute treffe ich mich in 6 – 8wöchentlichen Abständen mit Schulkameraden aus meiner Volksschulzeit. Von der ersten Minute des Treffens an, spreche auch ich wieder Dialekt, obwohl ich viele Jahre in anderen Gegenden bemüht war hochdeutsch zu sprechen oder besser gesagt zu lernen. Kürzlich erinnerten wir uns daran, wie unser Lehrer uns die richtige Aussprache von P und B und T und D einprägsam beibringen wollte. Er erzählte folgende Geschichte, über die wir schon als Kinder sehr gelacht haben: Ein Vater verlässt mit seinem Sohn ein Drogeriegeschäft über dessen Eingangstür das Wort *Drogerie* in großen abnehmbaren Buchstaben angebracht ist. Als sie noch in der Tür stehen fällt das *D* herunter auf die Schulter des Kindes, das gleich sehr weint. Der Vater sagt: „Sei froh, dass es ein weiches D war, ein hartes T wäre schmerzhafter gewesen". Außerdem erklärte uns der Lehrer, wenn wir eine Bemme, mit P geschrieben, essen wollten, wäre die so hart, dass sie ungenießbar sei.

In Konflikt brachte mich meine Aussprache im Dialekt bei einer mündlichen Anweisung während meiner beruflichen Tätigkeit in der Lebensmittelhygiene. Nach einer Lebensmittelkontrolle auf einem Wochenmarkt ordnete ich an, verdorbene *Puten* zu entsorgen. Die Händler, die Budenbesitzer, waren sehr erstaunt, dass sie ihre *Verkaufsstände* entsorgen sollten.

Als ich in einer Buchhandlung ein Werk von *Dante* kaufen wollte, brauchte es einige Zeit bis der Verkäufer mitbekam, dass ich nicht von einer *Tante* sprach.

Wenn ich an Ostern denke

Wenn ich an Ostern denke, dann kreisen meine Erinnerungen um die Schuleinführung, die Konfirmation, die Jugendweihe und regionale Osterbräuche. In Deutschland war schon seit der Kaiserzeit der Schuljahresbeginn nicht einheitlich geregelt und ist erst heute in allen Bundesländern auf das Ende der Sommerschulferien festgelegt. Ich wurde **Ostern** 1938 eingeschult und ab 1941 wurde dann im damalige Deutschen Reich die Schuleinführung auf Anfang September festgelegt, das wurde nach 1945 in den Bundesländern der „Trizone", außer in Bayern wieder rückgängig gemacht In der SBZ (Sowjetische Besatzungszone) behielt man auch den Septembertermin bei. Ab 1964 war dann Bayern wieder Vorbild für die BRD und die Schule begann erneut nach den Sommerferien. Insgesamt verhinderten in Deutschland seit dem Kriegsende 1945 bis heute in den einzelnen Bundesländern zahlreiche Schulreformen ein einheitliches Schulsystem. Mit schulpflichtigen Kindern sollte man deshalb noch jetzt in der Neuzeit tunlichst nicht in ein anderes Bundesland umziehen.
Während meiner Kindheit war die Schuleinführung kein so großes Familienfest, wie es heute vielfach gefeiert wird. Außer der mit Süßigkeiten gefüllten Zuckertüte und den für den Schulanfang benötigten Utensilien gab es auch keine weiteren Geschenke.

Persönlich erinnere ich mich noch an eine Enttäuschung, ich bekam den Schulranzen meiner Cousine, der noch sehr gut erhalten war. Es war aber ein Mädchenranzen, daran erkennbar, dass die Verschlussklappe im Gegensatz zu Jungenranzen nur bis zur Hälfte der Rückseite reichte. Für mich eine Katastrophe, denn damals galt in der Grundschule auf fast allen Gebieten eine strikte Abgrenzung zu den Mädchen. Man wurde von den Schulkameraden ausgelacht, wenn man Kleidungsstücke oder anderes Mädchenhaftes trug oder sich mit Mädchenspielzeug abgab.

Religionsunterricht gab es damals in der Schule nicht, aber für uns Kinder, deren Eltern kirchlich gebunden waren, dann ab 7. Klasse für Jungen und Mädchen zusammen Konfirmandenunterricht. Zur letzten Konfirmandenstunde besprach unser Pfarrer allein mit uns Jungen (wahrscheinlich auch getrennt mit den Mädchen) Aufklärungsfragen zum Verhältnis von Mann und Frau. Im Grunde vernahmen wir aber nur, dass ein intimes Zusammensein – was das bedeutete sagte er nicht - erst nach der Eheschließung geboten sei und man keine Witze über dies alles machen sollte. Ich erinnere mich noch an seinen Spruch:

„Kind wirst du rot,
so warnt dich Gott".

Im Übrigen bereitete er uns auch auf die Prüfung, die eine Woche vor Palmsonntag stattfand, vor. In der Kirche versammelten sich hierzu viele Mitglieder der Kirchengemeinde. Der Pfarrer teilte uns schon die Prüfungsfragen mit und wir mussten nur aufpassen, dass wir auch die uns zugedachte Frage erhielten. Es war aber auch möglich, dem Nachbarn leise und heimlich vorzusagen. Also wurden wir von diesem Geistlichen, der Vorbild sein sollte, zum Schwindeln angehalten. Ich habe es ihm verziehen, weil er vielleicht mehr Angst vor dieser Prüfung hatte als wir Kinder.

In der DDR gewann dann die Jugendweihe an Bedeutung, die aber auch um die Osterzeit herum stattfand. Ursprünglich verweigerten die Pastoren Kindern, die sich für die Jugendweihe entschieden hatten, die Konfirmation; das änderte sich aber ab Ende der 1960er Jahre und in vielen Kirchgemeinden war für die Jugendlichen beides möglich.

Viele Osterbräuche in Verbindung mit Osterhasen, bunt bemalten Ostereiern und ähnlichem sind in ganz Deutschland verbreitet. Meine Eltern und Großeltern verstanden es, mir die Geschichten um den Osterhasen eindrucksvoll und spannend zu vermitteln; ich glaubte sehr lange, dass es Eier legende Hasen gäbe und suchte mit Hingabe in unserem großen Garten die angeblich von ihm stammenden Ostereier. Ich meine, ich war 6 Jahre alt, als ich heimlich beobachtete wie meine Mutter die Eier im Gras, zwischen Blumen, Wurzeln usw. versteckte. Ab dieser Zeit schauspielerte ich und ließ die Erwachsenen in dem Glauben, ich sei noch von der Existenz des Osterhasen überzeugt, obwohl er und der Weihnachtsmann nunmehr Märchenfiguren für mich waren. Meine kindliche Freude über dieses Fest hatte jedoch auch eine Schattenseite. Alljährlich wurden zu Ostern für den Festbraten Ziegenlämmer geschlachtet!

In unserer Familie mussten wir Kinder alles, was auf den Tisch kam, essen, es durfte nichts auf dem Teller bleiben. Dieses Ziegenlammfleisch schmeckte mir aber gar nicht. Es war so lasch. Am Schlimmsten war aber, dass ich während des Essens immerfort an die quirligen und lebensfrohen Ziegenlämmer dachte, mit denen ich vorher gespielt hatte und die so jung sterben mussten. Erst als ich erwachsen war, entschied ich selbst über meinen Speiseplan, ich aß nun, eingedenk der Kindheitserinnerungen, kein Ziegenlammfleisch mehr.

In meiner Ostthüringer Heimat gab es für Kinder einen besonderen Osterbrauch, das so genannte Ostereier werfen. In mit buntem Garn gehäkelte „Eiernetze" kamen hartgekochte Eier. Ein Strick am Netz ermöglichte dessen schleudern, hoch und weit werfen. Wessen Eier dabei am längsten hielten, war Sieger. Wenn alle gekochten Eier kaputt waren, kamen dann „Holzeier" zum Einsatz. Nun galten Höhe oder Weite des Wurfes als Wettbewerbsziel. In meinem Heimatort gab es eine so genannte Eierwiese (ca. einen halben Hektar groß), auf der zu

den Osterfeiertagen reger Betrieb beim „Eier auf-
werfen" herrschte. Ich erinnere mich an ein Oster-
fest als ich 6 Jahre alt war. Am 1. Feiertag vormit-
tags übte ich schon in unserem Garten das „Eier-
werfen", um am Nachmittag auf der Eierwiese zu
den Favoriten zu gehören. Die kaputt gegangenen
Eier habe ich immer gleich gegessen. Als ich das
10. Ei aus der Küche holte wurde meine Mutter
aufmerksam und unterband mein Tun. Sie tat recht,
denn nach einiger Zeit setzte bei mir wie erwartet
Bauchweh ein: 10 hart gekochte Eier sind für einen
Kindermagen wohl doch etwas zu viel!